Rita **STROHL**

Le Déclin de la Tour d'Ivoire

Préliminaire.

La Légende de Hu-Gadarn
Poème lyrique
avec dix dessins de Richard Burgsthal.

Sur le sens de la compréhension.

Société Anonyme du Théatre de la Grange
Editions de « La Tortue »
CARROS (Alpes Mar^{mes})

MCMXXVII

Prix : 25 frs

Le Déclin de la Tour d'Ivoire

II.

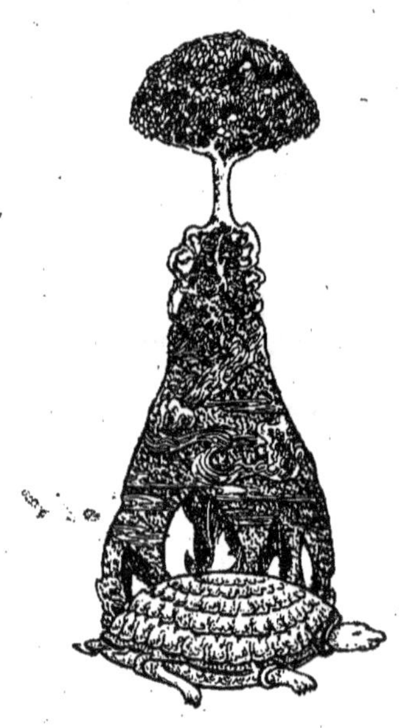

Il a été tiré 500 exemplaires de cet ouvrage
sur Vergé Edition Lafuma
Numérotés de 1 à 500

Exemplaire N° *120*

JUSTIFICATION DU TIRAGE:

Rita Stoll

Sur les Mythes Lunaires qui ont précédé, dans les Iles de Bretagne, le Mythe Solaire de Hu - Gadarn.

A l'origine des temps, lorsque l'Etre Suprême livra Son Nom à la Parole, ce signe parut :

On le retrouve sur les murs de pierres vierges des monuments funéraires de l'Occident et Il fut primitivement gravé sur les arbres sacrés des forêts.

On l'appelle « les Trois Cris ».

Ces « trois cris » devaient réveiller tous les êtres dormant sur l'astre et dans ses profondeurs.

Et lorsqu'ils furent entendus, tout sortit de l'ombre et de la nuit.

Après des temps, sur les terres émergeant çà et là, prenaient pied les êtres sortis de la Grande Mer.

Une Ile fut choisie pour recevoir le culte de la Mère, de la Substance Primordiale.

On l'appelle Eire (1), du nom de la Grande Déesse Vierge qui est aussi Anu et Dana, qui a pour Père, Beath (L'Existant par Lui-même) ;

---

(1) Prononcez E-i-re. (L'Irlande).

pour Epoux, Aesar (L'allumeur du Feu); et pour Fils, Fintan (le transformateur de la vie).

Car cette Ile avait reçu du Premier Cri, l'Or.

Le Deuxième avait résonné en Orient et le Troisième, au pays de la Nuit.

Vers l'Or, montaient tous les êtres arrivant des profondeurs de la mer et des pays de la Mort et de la Nuit.

Vers sa puissance, se dirigeaient tous les réveillés.

Une première race venue de la région des morts voulut atterrir sur cette Ile Sacrée.

Son chef avait nom: Partholon.

Mais les Fomôré, géants à l'œil unique, convoitaient aussi cette Ile.

Quand ils aperçurent Partholon et ses vaisseaux, leur colère déchaîna une si grande tempête, que la race des Fils de la Nuit fut engloutie dans l'Océan.

Seul, Partholon et quelques-uns, purent arriver au rivage.

Maître de l'Ile, Partholon s'y installa et eut une nombreuse descendance.

Comme leur père, ces fils de Partholon étaient dénués d'intelligence, mais ils étaient forts et courageux.

Ils soutinrent des combats contre les Géants et remportèrent une victoire sur Cichol (géant sans pieds).

Cependant la stupidité régnait dans Eire. Et les Dieux envoyèrent une épidémie, qui, en une semaine fit périr Partholon et sa race.

Un seul fut épargné. Il se nommait Tuan-Mac-Cairill.

Il était le « trois fois né » et venait du « hors d'atteinte ».

C'était le « Taliésin », le barde migrateur, qui, dans la longue suite de ses existences variées, devait, par ses chants, apprendre aux races à venir, ce qui s'était passé et ce qu'il avait vu.

C'est lui qui chanta les pays merveilleux de la Nuit, d'où les êtres venaient et où ils retournaient: contrées lointaines « au delà de l'Océan ».

Là étaient les Palais enchantés, les grottes de cristal, les rochers transparents, les Iles Bienheureuses; paradis d'où les Sirènes, ou Déesses de la Mort, venaient, pour annoncer aux héros leur fin prochaine.

La race de Partholon était disparue.
Un long temps s'écoula.

Mais l'Ile Sacrée fascinait les Fils de la Nuit.

Neimheid-le-puissant partit avec toute sa race pour tenter la conquête difficile.

Il rencontra au milieu de l'Océan les Fomôré.

Une nouvelle lutte s'engagea.

Malgré leur force de destruction, les Géants ne purent empêcher Neimheid et ses compagnons de prendre possession d'Eire.

Ne craignant plus les géants, le puissant Fils de la Nuit engagea quatre Fomôré, qui étaient frères, à bâtir ses citadelles. Ceux-ci acceptèrent.

Ils édifièrent, en une journée, une demeure d'une hauteur prodigieuse entourée de fossés profonds.

Le lendemain matin, Neimheid tuait les quatre frères et les enterrait sur place. Les Fomôré jurèrent de les venger.

Un jour ils firent apparaître au milieu de la mer, une tour de verre qui semblait contenir beaucoup de guerriers.

Surpris, Neimheid et ses fils voulurent connaître cette tour et ce qu'elle contenait.

Ils s'en approchèrent et adressèrent la parole aux mystérieux guerriers.

Mais ils n'en recevaient jamais de réponse. Alors ils préparèrent longuement une expédition contre la tour.

Ils partirent.

Mais quand ils débarquèrent sur le rivage qui entourait cette tour magique, la mer s'éleva au-dessus d'eux et tous périrent dans les flots.

Un seul fut sauvé:

Celui que son essence divine protégeait de la mort.

Neimheid et ses fils étaient disparus.

Un long temps s'écoula.

Cependant la terre où avait résonné le « Premier Cri », fascinait toujours les Fils de la Nuit.

Ceux-ci étaient les Fir-Bolg (1), les Fir-Domnann et les Galiôins.

Redoutant le sort fatal des races précédentes, ces trois peuples s'associèrent aux Fomôré dont ils avaient les nombreux vices.

Et ainsi ils purent posséder l'Ile, sans obstacles et sans combats.

Mais cette domination devait être néfaste.

---

(1) Les hommes de Bolg.

Aux nobles sentiments et à l'esprit d'organisation, succédèrent les querelles, la traîtrise, l'avarice et la haine de la musique.

Tels étaient les êtres, habitants de cette Terre choisie, lorsque les Dieux apparurent.

Descendus du ciel dans un corps aérien porté par l'aile des vents, Ils se posèrent sur l'Ile dont Ils occupèrent le Nord-Est (1).

Leurs corps s'appelait « Siabra » et Ils avaient le pouvoir de le rendre invisible.

Cependant Leur Présence fut perçue par les Trois Peuples.

Portant leur attention sur ce fait inattendu, les Fir-Bolg, les Fir-Domnann, les Galiôins et les Fomôré se consultèrent. Ils s'avancèrent prudemment du côté où se manifestaient les mystérieuses Présences.

Alors ils virent que les Dieux avaient la lance.

Ils eurent peur, eux, qui n'avaient que la massue.

Seul, Téthra, Roi des Morts, possédait l'épée.

Ils s'approchèrent de ces Dieux avec crainte.....

Ceux-ci connaissant leur pensée et ne voulant point user de Leur puissance, leur demandèrent la moitié de l'Ile; après quoi Ils conclueraient avec eux, un pacte d'alliance.

Les Fir-Bolg-Fomôré préférèrent le combat.

« Soit », dirent les Dieux.

Et dans la grande plaine de Mag-Tured, les trois peuples et les Fomôré furent battus.

Et les Dieux s'emparèrent d'Eire.

Cinq d'entr'eux la gouvernèrent.

Fils de Beal, leur Dieu Suprême, et d'une longue suite de Dieux cosmiques, Ils étaient les échelons plus près de l'astre.

Leur chef prit le titre de Dieu de la Terre.

Et voici Leurs Noms conservés par le transmigrateur:

Dagdé, (Dieu bon)
Lug, (le maître de tous les arts)
Ogmé, (instructeur qui inventa l'écriture Ogham)
Dianceht, (le médecin)
Goibniu, (le forgeron).

____

(1) Les fils de la Nuit atterrissaient toujours par le Sud-Ouest de l'Ile.

Ils enseignent le Druidisme primitif, Synthèse religieuse adaptée aux races sortant du pays de la nuit et qui attendent, enveloppées dans les replis des voiles Lunaires, l'éblouissement du Soleil.

Car l'enseignement druidique est sorti du cerveau de Béal comme les Védas sont sortis du cerveau de Brahmâ.

C'est la résonnance des « Deux Cris » sur les Terres Sacrées, qui a prononcé les deux Aryanismes: celui du Levant et celui du Couchant.

Car avant que le Nom soit livré à la Parole, ils étaient réunis dans les Mondes de l'Abstrait où il n'y a ni Lune, ni Soleil, ni Jour, ni Nuit. Mondes Supérieurs où règnent la Sérénité et la Stabilité.

Mais ces Dieux merveilleux s'unirent aux « Filles de la Nuit » afin de fonder une race de Divine Essence; et alors Ils prirent le nom de Tuatha-Dé-Danann, c'est-à-dire: « Gens du Dieu dont la mère s'appelait Dana. »

Car tous les Dieux sont Fils de la Nuit.

Leur règne dura de longs âges.

Personne au pays des Morts, n'osait se mesurer avec Eux.

Les peuples vaincus de l'Océan n'oubliaient pas l'Ile Sacrée, objet de leur convoitise, mais, des Tuatha-Dé-Danann, ils craignaient la puissance et la céleste origine.

Un géant du nom de Balar, devait un jour leur apporter l'appui de sa force invincible.

Balar avait en plus de l'œil placé au milieu du front, un autre œil derrière la tête. Il le tenait constamment fermé. Quand il l'ouvrait, son regard lançait la Foudre.

Alors les Fils de la Nuit ne doutèrent plus de leur victoire sur les Dieux.

Les Fomôré ayant à leur tête, Téthra, Roi des Morts, partirent pour attaquer les Tuatha-Dé-Danann.

Grâce à des prestiges magiques et à l'œil foudroyant de Balar, ils remportèrent les premières victoires.

Apercevant Lug, le terrible Géant voulut soulever la paupière de son second œil, mais Lug, rapide, le prévint et lui défonça le crâne.

Balar tué, ce fut la déroute chez les Fomôré.

L'épée de Téthra tomba entre les mains du Dieu Ogmé, tandis que les Géants s'enfuyaient, emportant la harpe enchantée de Dagdé.

Dagdé, Lug et Ogmé se mirent à leur poursuite et les rejoignirent dans un camp où ils se reposaient.

Les Trois Dieux pénétrèrent hardiment dans l'enceinte ennemie, et

Dagdé, ayant à haute voix, appelé sa harpe, celle-ci vint se placer dans ses bras.

Le Dieu profitant de l'instant de stupeur causé par ce prodige, joua trois airs, dont le premier produisait le sommeil; le deuxième, le rire; le troisième, les larmes.

Il commença par le troisième; et les Fomôré de pousser des gémissements.

Il continua par le deuxième; et les Fomôré d'être en proie à l'hilarité.

Il termina par le premier; et les Fomôré de dormir d'un profond sommeil.

Alors les Trois Rois sortirent rapidement emportant la harpe merveilleuse.

Les Dieux étaient sauvés.

Leur règne dura de longs âges, car personne, au pays des morts, n'osait se mesurer avec Eux.

Mais les Tuatha-Dé-Danann devaient commettre des fautes et s'endormirent Eux-mêmes dans la quiétude.

Et c'est par le « héros humain » qu'Ils devaient être dépossédés.

Les peuples de la Nuit veillaient.

Un de leurs Rois, Brégon, avait construit au milieu de l'Océan, une tour d'où on pouvait apercevoir, à des distances fabuleuses, les terres les plus lointaines.

Ith, son fils, doué d'une vue perçante, vit un jour, « par temps clair », l'Ile Sacrée.

Le désir de la posséder ne lui laissant aucun répit, il s'embarqua avec « trois fois trente guerriers » et mit à la voile.

En ces temps, Eire était gouvernée par Trois Rois et Trois Reines, enfants des Tuatha-Dé-Danann.

Les Fils de la Nuit débarquèrent sur un rivage désert.

Ils s'avancèrent vers le Nord.

Après une longue marche, ils aperçurent une forteresse. Ils y pénétrèrent.

Cette forteresse était celle de Néit, un Dieu de la guerre.

Les Dieux étaient là, délibérant au sujet de sa succession et du partage de ses terres.

Car Néit venait d'être tué dans un combat.

Les Tuatha-Dé-Danann firent bon accueil à Ith et à ses compagnons.

Ils les prirent même comme arbitres. Et Ith rendit une sentence qui les satisfit.

Ensuite le fils de Brégon parla avec chaleur de l'Ile, de sa beauté, de sa richesse, de son abondance en toutes choses.

Les Dieux inquiets lui enjoignirent de quitter Eire.

Ith refusa.

Alors les Rois Divins le mirent à mort dans Mag-Itha.

Les guerriers de Ith ramenèrent son corps au pays de la Nuit.

Brégon jura de venger son fils.

Et pendant les longues générations de Bilé, fils de Ith, et de Milé, fils de Bilé, une émigration en masse fut préparée.

Trente-six chefs, avec des forces considérables, devaient se partager le commandement.

Ils avaient avec eux un barde, le Grand Amairgen, fils de Milé.

Quand tout fut prêt, ils partirent secrètement....

En arrivant sur le sol sacré, Amairgen chanta un poème célébrant sa science qui lui donnait une puissance supérieure à celle des Dieux.

Par cette science il appelait à lui toutes les forces de la nature et il s'identifiait avec elles:

« Je suis le vent qui souffle sur la mer;

« Je suis la vague de l'Océan;

« Je suis le murmure des flots;

« Je suis le bœuf aux sept combats;

« Je suis le vautour sur le rocher;

« Je suis une larme du Soleil;

« Je suis la plus belle des plantes;

« Je suis sanglier par la bravoure;

« Je suis saumon dans l'eau;

« Je suis lac dans la plaine;

. . . .

« Je suis parole de science;

« Je suis la pointe de lance qui livre les batailles;

« Je suis le Dieu qui crée ou forme dans la tête, le Feu.

. . . .

Les Trois Rois et les Trois Reines n'avaient pas prévu l'invasion.

Ils n'avaient point fait les incantations leur conférant l'invisibilité.

L'ennemi arrivait.
Il était déjà dans Tara (1).
Ils allèrent au devant de lui et lui demandèrent un délai.
Délai qu'ils comptaient mettre à profit...
Déjà leurs Druides composaient les Incantations...

« *Nous acceptons, dit le Premier Roi, la sentence que portera comme*
« *arbitre, Amairgen, votre file* (*devin*).
« *Mais s'il prononce une fausseté, nous le tuerons.*
« *Prononce la sentence, ô Amairgen, s'écria Eber, l'aîné des fils de Milé.*
« *La voici, répondit Amairgen:*
« *Vous abandonnerez provisoirement cette Ile aux Tuatha-Dé-Danann.*
« *A quelle distance irons-nous? demanda Eber.*
« *Vous laisserez entre elle et vous un intervalle de neuf vagues, dit*
« *Amairgen.* »
Les Dieux acceptèrent.
Les fils de Milé remontèrent sur leurs vaisseaux et se retirèrent à la
distance convenue.
A peine avaient-ils atteint la neuvième vague, qu'une tempête inouïe
se déchaîna.
Des murmures s'élevèrent contre celui qui avait prononcé la sentence.
Mais Amairgen veillait.
Il invoqua la Mer, la Terre:

  « *Mer poissonneuse!*
  « *Terre fertile!*
  « *Irruption de poisson!*
  « *Pêche là!*
  « *Sous vague, oiseau!*
  « *Grand poisson!*
  « *Trou à crabe!*

  . . . .
  . . . .

Et par sa science, il détruisit les incantations druidiques des Tuatha-
Dé-Danann.

---

(1) Tara, capitale d'Eire.

La tempête s'apaisa.

Les vents devinrent favorables, et c'est en vainqueurs qu'ils pénétrèrent dans l'Ile fortunée.

Alors Amairgen chanta sa prière :

« J'invoque Terre d'Eire !

« Mer brillante !

« Montagne fertile !

. . . .

. . . .

Les Dieux étaient perdus.

Les Trois Rois et les Trois Reines furent tués.

Et les Tuatha-Dé-Danann reprirent leur invisibilité première.

Ils se retirèrent, leur mission achevée, devant la descendance de Brégon qui venait recueillir Leur héritage.

Les fils de Milé régnèrent un long temps.

Ils s'unirent à la race Divine et portèrent en eux-mêmes son essence. (1)

———

Les Tuatha-Dé-Danann avaient donné à l'Occident, la conception du Temps.

Et bientôt, sur leur fond lumineux, apparaît la face terrible de Crom, (qui veut dire, courbe).   Crom qui est à la fois Kronos ou Saturne, Mort et Serpent.

Et pendant une période très longue, grâce à ses druides et ses druidesses, à ses devins (file). à ses magiciens, à ses bardes, Crom règne en maître sur tout l'Occident.

Il se prolonge jusque dans l'histoire.

Ses monuments, ses dolmens, ses leacs, ses cairns, ses côr-gawrs existent encore.

———

(1) Les Irlandais actuels croient descendre de cette race des fils de Milé, qui se mélangea plus tard avec d'autres races : celles des Goïdels, des Pictes, des Scots ou Féné, venues de la Thrace et de la Scythie jusqu'aux Iles extrêmes de l'Occident.

En Celtique, en Afrique, aux pieds de l'Atlas, du Caucase et de l'Himalaya même, Crom règne.

Mais les vagues de l'Aryanisme druidique ont touché « le but ». Elles reviennent mélangées aux vagues de l'Aryanisme Védique.

A ce moment de l'histoire des Druides, survient Hu-Gadarn.

Hu-Gadarn, Dieu Solaire, qui, ayant posé Ses Pieds-Divins sur la Terre, se fait conducteur de peuples, législateur, prêtre et Roi.

A la tête des Kymris, Il arrive du « pays de l'été ».

Il vient par le Nord, suit les mers froides et s'arrête à la fin de la terre, dans l'Ile Sacrée où « la voix s'était transmuée en or ».

Il vient, « le fier taureau d'airain » suivi des Fils du Soleil.

Car les Fils du Soleil marchent derrière l'Astre qui les entraîne vers les contrées mystérieuses où Il descend:

Iles Bienheureuses où les hommes goûteront les joies et les délices d'une nouvelle vie dans un nouveau corps.

Après avoir salué les monstrueux tombeaux de Dagdé, Lug et Ogmé, Hu, s'unit à la Grande Déesse, à Koridwen qui portera en son sein la Connaissance.

Et l'Or sera découvert.

Puis, ayant traversé « la mer brumeuse », Il se rend en Armorique.

Là, Il construit au bord d'un lac, le Temple du Soleil, Sa demeure.

Il crée son propre mythe qui s'unit aux mythes Lunaires.

Et l'Unité première est reformée.

Par Son Incarnation Il avait pris contact avec le monde des hommes; par Sa Légende, Il remonte au plan intermédiaire.

Par la transposition de Sa Légende en Symboles, Il se place sur le Plan d'origine des transmutations du Système.

Par le concept abstrait, Il atteint Son Plan même:

Celui de l'Esprit.

Son nombre est Quatre.

Et aussi Trois et Un.

Son aspect est Esprit-Matière.

Et sur les pierres vierges de Son Temple est gravé, pour la Matière: Transmutation; pour l'Esprit: Transmigration.

Et ainsi j'ai compris la Légende de Hu-Gadarn. (1)

R. S.

(1) Hu, Huan, est en Kymrique, un des noms du Soleil.

Le Destin — Premier Tableau

La Légende de Hu-Gadarn

Poème lyrique

en

Cinq Parties

et

Quatorze Tableaux

———— ∿ ————

I. — LE DESTIN.

II. — KORIDWEN.

III. — L'ATHANOR.

IV. — LE DIEU DIT...

V. — TALIÉSIN.

PERSONNAGES :

Le Dieu *Hu-Gadarn.*
La Déesse *Koridwen*, épouse de Hu-Gardarn.
Mor-Vran { fils de Hu-Gadarn
Avank-du {   et de Koridwen.
Creiz-Viou { fille de Hu-Gadarn
          et de Koridwen.

Le *Castor.*
Les *Cinq Génies.*
Le *Bœuf-Jour.*
Le *Bœuf-Nuit.*
Gwion.
Morda.
Le Roi *Gouydno.*
Elfin, fils du Roi Gouydno.
Les *Trois Conseillers.*
Hoël, pêcheur.
Taliésin, fils de Koridwen.
Les *Roüilles* — Les *Dormeurs.*
          Les *Voix de l'Espace.*
Femmes, (suivantes de Koridwen).
Le peuple du Roi Gouydno.
Serviteurs, gardes, hommes, femmes. ec.

La Légende de Hu-Gadarn

PREMIERE PARTIE

Le Destin

PERSONNAGES :

Hu-Gadarn.

Le Castor.

Les Cinq Génies.

Le Bœuf-Jour.

Le Bœuf-Nuit.

Les Rouilles — Les voix de l'Espace.

L'Empire des Rouilles

Dans les profondeurs de la Terre.
Une voûte.
Elle surplombe des sommets de roches dont les bases disparaissent dans les abîmes.
Sur l'un de ces sommets, en forme de plateau, se tient le Castor.
Armé de griffes colossales, il gratte violemment les blocs de la voûte.
Au-dessus de cette voûte, s'étend un lac immense.
Et malgré les ténèbres qui enveloppent toutes choses, apparaît, presqu'indistincte, la demeure de Hu-Gadarn : construction monolithique émergeant des profondeurs du lac.
Sur un des degrés inférieurs de sa demeure, le Dieu à l'énorme stature est debout, immobile.
Une vache est couchée à ses pieds.

SCÈNE I

Le Castor — Le Dieu Hu-Gadarn

LE CASTOR

Travail sourd.
Je veille.
Destins antérieurs attendent plongés dans la nuit.

Je veille.
Dorment les dormeurs.
Je veille.
Mais les réveillés crient.
Et grince la rouille de leurs voix.....

(Il gratte la terre)

Le Castor percera la voûte tranquille.

(Il appelle)

Hu!
Crains.
Hu, inerte et lourd,
entends le Castor.

(*à lui-même*)

Pas encore.

(*à Hu*)

De ses griffes il mine ta solidité.
Ensevelis sous la nuit, Hu,
entends la rouille de leurs voix...
Entends le cri des « sans-fonds ».

(*à lui-même*)

Pas encore.

(*à Hu*)

Ce sont les Castors, mes fils.
Et je suis leur cri suprême!
Ils ont soif de ta vache...
Insensible Hu,
entends la rouille de leurs voix.
. . . .

(à lui-même)

Tout va s'éteindre.....

(à Hu)

Hu! je t'appelle!
Donneras-tu à mes fils le lait de ta vache?

LA VOIX DE HU-GADARN

Non.

Ce « Non » se répercute dans l'espace et dans les profondeurs.

LE CASTOR

Ah!
Tu crains!
Farouche!.....

Le Castor se remet furieusement à l'œuvre.
Il gratte sans relâche.
Bientôt de larges gouttes tombent de la voûte.
Des fissures se produisent laissant échapper des filets d'eau.
Des pierres tombent..
Des blocs se disjoignent, roulant vers les « sans-fonds ».
Enfin, l'effondrement s'accomplit:
les eaux, brisant les derniers obstacles, se déversent en nappe immense dans les abîmes entr'ouverts.

DEUXIEME TABLEAU

La Terre au fond des eaux.
Elle oscille par instants.
Des excavations ouvertes dans ses flancs, abritent le Castor.
Il sort, rentre, sort encore précipitamment.
Il est inquiet et observe le ciel noir.

SCENE II

Le Castor — Hu-Gadarn
Les Cinq Génies
Le Bœuf-Jour — Le Bœuf-Nuit
Les Voix de l'Espace

LE CASTOR

Gisent au fond des eaux, mes fils.
Et dorment les dormeurs.
Seul, l'éveillé, je reste.....
Et de moi, Hu, il te faudra une génération nouvelle!

(Il rit)

Te voilà pris, Hu!

(Il rit)

Forcé par le Destin, tu vas m'abandonner ta Vache Sacrée!...

Au disque de la Durée, sonne le Temps

LA VOIX DE HU-GADARN

Tais-toi, race de tourbe souterraine.
Gardien, puis-je conclure pacte
avec les Destins passés?

LE CASTOR

Hu, tu détournes ton regard de Toi-même.
Tu veux oublier,
       Taureau Magnifique,
ce que tu conçus dans l'ivresse de tes abîmes.

LA VOIX DE HU-GADARN

Périsse la race!
Je ne cèderai pas à ton désir.

LE CASTOR

Ton refus!...
Leurre inutile...
La Terre, par moi, est fixée dans l'immobilité.

   (Il rit et saute de joie)

Temps très long,

LA VOIX DE HU-GADARN

Au disque de la Durée,
      sonne le Temps.
. . . .

De mon Divin Repos,
        je sors.

Le Dieu apparaît en lumière sur le fond sombre.
Il est debout sur son char.
Derrière lui, l'arc en ciel.
Le disque du Soleil et ses rayons.
Le char est traîné par deux bœufs réunis par une chaîne d'or.
Cinq génies marchent à leur côté et les conduisent.
Des orbes dans l'Espace, entourent le char de leurs ceintures multicolores.

Le Castor, terrifié, se cache.

HU-GADARN

L'animal rampant s'est caché à ma vue.

Son sort s'accomplira donc selon
        les Destins passés.

Un cycle nouveau se lève
        pour Moi
            et pour lui.

De mes Bœufs, j'accomplis le Sacrifice
        insondable.

A chacun son tour,
        qu'ils tirent la Terre.

Que les eaux se séparent
et que le Jour et la Nuit
            soient.

Quatre génies détachent les bœufs du char.
Deux génies conduisent chaque bœuf à un point opposé de la Terre où ils
l'attachent avec une orbe prise dans l'Espace.

Le Bœuf-Jour et le Bœuf-Nuit tirent la Terre et passent, s'alternant. Le Bœuf-Jour avec la Lumière Solaire, le Bœuf-Nuit, sans clarté aucune.

Le Dieu Hu reste debout sur son char auprès duquel se tient un génie.

Le Castor caché dans une anfractuosité, fait des incantations magiques à l'aide d'un miroir.

LE CASTOR

Ténèbres noires...
Mondes opaques enfouis dans l'Espace,
réveillez-vous!
      Entendez!...

(Murmures lointains des Voix de l'Espace.)

Pous vous, de la Lumière,
    je tiens les rayons.

(Clameurs sourdes.)

De mon miroir va jaillir
    l'éclat triomphant!

Au moment où le Bœuf-Jour succède au Bœuf-Nuit, le Castor s'empare d'un rayon de lumière.

Puis il attend le passage du Bœuf-Nuit.

Par un jeu de réfraction, il dirige alors son rayon sur un point de l'Espace. Et la Lune paraît.

Mais un rayon de la Lune touche l'œil du Bœuf-Nuit qui pousse un grand hurlement et meurt.

Le Bœuf-Jour lui répond par une clameur semblable et tombe avec lui dans le vide.

Hu, son char, les cinq génies ont disparu.

Le Castor reste seul dans la nuit Lunaire.

Le rideau se ferme lentement.

La Légende de Hu-Gadarn

DEUXIEME PARTIE

Koridwen

PERSONNAGES :

Morvran ou Mor-Vran (1).

Creiz-Viou (2).

Avank-du (3)

Koridwen (4).

Gwion.

Morda.

---

(1) *Mor-Vran*, corbeau de mer, chef des navigateurs,
l'Héroïsme.

(2) *Creiz-Viou*, le milieu de l'œuf, le symbole de la vie,
la Beauté.

(3) *Avank-du*, le plus hideux des êtres, le Castor noir,
l'Ignorant.

(4) *Koridwen*, l'Enchanteresse.

Pen-Lenn, [1]
LA DEMEURE DE HU-GADARN

Faite de larges blocs de granit, s'étageant en forme de tables et de plateaux, elle est posée sur le sommet d'un roc, d'une vertigineuse altitude et dont les flancs à pic tombent sur les bords d'un abîme.

C'est dans cet abîme que le lac disparut et ses bords en sont desséchés.

Seules, quelques herbes semblables à des gramens géants, poussent encore entre les pierres.

Des falaises ont surgi non loin de l'altière demeure.

L'une d'elles est silonnée de filons de marbre.

L'autre disparaît sous des coulées de lave.

Deux enfants-dieu jouent sur un large plateau de granit, au bord de l'abîme.

Un troisième enfant, qui ne prend point part à leurs jeux, reste immobile, accroupi sur de la lave et fixant le vague des profondeurs.

SCENE I

Mor-Vran — Creiz-Viou — Avank-du
(Personnage muet).

MOR-VRAN

Sœur, du Dieu notre père, certes, belle est la demeure.
Je veux, pour toi, en construire une plus belle encore..

(1) Pen-lenn, extrémité du lac.

CREIZ-VIOU

Où trouver semblables constructeurs à ceux qui édifièrent la forteresse divine?
Tu sais qu'ils sont dès longtemps disparus.

MOR-VRAN

Je sais.
Mais eux, qu'importe!
Je suis
et je veux.

CREIZ-VIOU

Que faire?

MOR-VRAN

M'obéir.

CREIZ-VIOU

Je t'écoute.

MOR-VRAN

Je suis fort.
Ici même je vais entasser blocs de granit, tandis que toi, **aux** faibles bras, tu orneras de pierres précieuses,
l'édifice.

CREIZ-VIOU *(joyeuse)*

Mor-Vran, tu est grand!
Que je suis contente!..,

Koridwen, l'enchanteresse

MOR-VRAN

A l'œuvre, mettons-nous tout de suite.

CREIZ-VIOU

A l'œuvre, à l'œuvre!

Les enfants commencent leur jeu.

Mor-Vran, à la force d'enfant-Dieu, disjoint d'énormes blocs, les traîne ou les porte jusqu'au milieu du vaste plateau.

Là, il les assemble, leur donnant l'aspect de la Demeure de Hu-Gadarn.

Creiz-Viou ramasse autour d'elle les petits morceaux de marbre, multicolores, qu'elle dispose ensuite en dessins variés à l'entour des pierres.

MOR-VRAN

Apportant sa première pierre.

Ici, cette pierre.

(à Creiz-Viou.)

Vois ma force!

. . . .

Il apporte une deuxième pierre.

Solides en seront les bases!

. . . .

CREIZ-VIOU

à Mor-Vran, qui apporte une troisième pierre,

Plus lourde est cette pierre!

. . . .

MOR-VRAN

Posant une quatrième pierre sur les trois autres.

Voici la première table !

CREIZ-VIOU
(s'empressant.)

Et voici un marbre rose,
plusieurs blancs.

MOR-VRAN
lui indiquant du doigt

Là.

CREIZ-VIOU

Dispose ses petits morceaux de marbre en guirlandes à l'endroit indiqué. Puis elle se recule pour mieux voir et fait des gestes d'admiration.

D'autres, d'autres encore.

Elle cherche d'autres petites pierres, les arrange, grimpe sur la table et bat des mains.

Que c'est beau ! Que c'est beau !

MOR-VRAN

Rien encore,
Continuons.

Creiz-Viou descend. Ils se remettent à l'œuvre.

CREIZ-VIOU

Plus pénible est le travail !

MOR-VRAN

(qui se fatigue.)

Contemple mon œuvre et dis-moi « l'Aspect ».

CREIZ-VIOU

(s'éloignant pour regarder.)

Oh!... Beau, très beau!

MOR-VRAN

(toujours travaillant.)

Compare avec la forteresse de Hu,
   notre Père.

CREIZ-VIOU

Mon frère tu n'y es pas encore,
   mais bientôt.

. . . .

MOR-VRAN

Voici la deuxième table.

Creiz-Viou danse et manifeste sa joie.

Ils commencent sans tarder la troisième table.

CREIZ-VIOU

Plus pénible encore est le travail!

MOR-VRAN

La victoire est proche !

CREIZ-VIOU

Avec ardeur, travaillons !

Ils ne parlent plus.

MOR-VRAN

Voici la troisième table !

. . . .

Creiz-Viou, ton palais est prêt.

CREIZ-VIOU

O Frère, sublime est ma demeure.

MOR-VRAN

Méprisant et désignant la demeure de Hu.

Vois maintenant l'antique donjon !

CREIZ-VIOU

(convaincue.)

Qu'est-il en comparaison !
O Merveille, tu m'éblouis !
Tu dépasses les autres merveilles !
Mor-Vran, tu es grand !
        Tu as dit vrai !...

Tous deux au comble de l'exaltation montent sur la troisième table.
Et tout s'effondre...
Ils tombent en poussant de grands cris.

SCENE II

Koridwen

Mor-Vran — Creiz-Viou — Avank-du

———

KORIDWEN

(accourant.)

Qu'avez-vous fait, enfants?
J'accours à vos cris.
Blessés n'êtes-vous point?

Mor-Vran et Creiz-Viou s'approchent de leur mère et se serrent contre elle.

TOUS DEUX

O Mère, protège-nous.

MOR-VRAN

(ému.)

L'Injuste a failli briser la valeur de ton fils.

CREIZ-VIOU

Un méchant sort a failli anéantir ton joyau précieux.

KORIDWEN

Que faisiez-vous donc?

MOR-VRAN

Creiz-Viou ornait la divine demeure qu'édifiait mon bras.

KORIDWEN

O Imprudence!
O Héroïsme!

Les enveloppant tous deux dans son voile.

Ne tremblez plus.
Sous mon voile, enfants, que craignez-vous?
Il vous défend, et sur mon cœur, il vous retient.
Où est Avank-du, votre frère?

MOR-VRAN

Là.
Muet, sur ce rocher, il reste.

CREIZ-VIOU

Jamais à nos jeux il ne se mêle.

KORIDWEN

Mor-Vran! Creiz-Viou!
O Joie trop grande!
Volonté, force, courage
et Beauté.
O Douleur trop amère!
Avank-du, mon fils,
toi,
 l'entrave,
  l'obstacle...

Détachant d'elle Mor-Vran et Creiz-Viou.

Allez, enfants, laissez-moi.

Je veux tenter le dernier effort.
Allez rejoindre le Dieu, votre Père.
Inquiet de vous, il vous attend.

D'un geste, Koridwen leur montre la demeure du Dieu et ne change d'attitude que lorsqu'ils ont disparu.

Ceux-ci s'en vont lentement, à regret, se retournant pour apercevoir une dernière fois leur mère.

SCENE III

Koridwen — Avank-du

Les Rouilles

KORIDWEN

Avank-du, mon fils, m'entends-tu?

Silence.

Sous son front obscur, quelle puissance règne?
Sur quel arrière-monde sa vue s'ouvre-t-elle?
Accroupi... seul...
Qu'attend le « Sans-Pensée »?
     Arrêt Fatal!
Menace terrible pour toi, Hu!
Déjà tu sacrifias tes Deux Bœufs,

O Taureau d'Airain.
L'Immobilité te guette...
La destruction est proche!

Elle s'avance vers Avank-du, et du doigt, lui touche l'épaule...
Puis, elle le regarde et pousse un cri.

Ah!... Il entend!!
Il entend la voix du Castor.
La voix lui parle...

(Voix des Rouilles.)

Elle recule.

O ma parfaite Science,
viens à mon secours.
Ouvre-moi les portes du Temple de la Fatalité,
et cessent les Destins d'arrière-monde!
Par ton Pouvoir, construis le « Miroir »
qui va changer « l'Ignorant »
en « Connaissant illusoire ».
Cesse le Poids-pesant!
. . . .

Des herbes, que seule,
je connais...

Elle s'éloigne et cherche des herbes.
Avank-du se croyant seul regarde furtivement de droite et de gauche comme
un animal craintif, et s'enfuit.
Il a l'aspect du Castor.

Avec-vous, ô plantes, je préparerai
le breuvage Mystique de la Divination.
O Rites secrets!...

Des herbes

Magie dangereuse.
Ici?   Non.
A quel Feu,
à quel Souffle confier au Temps?
. . . .

Dans la Terre du Repos est la Cité du Juste.
Là, s'élève son Temple.
O Rites secrets, magie dangereuse!
A ce qui dure,
Je vous confie.
O Terre du Repos, en toi je m'abîme.

Koridwen s'enveloppe dans ses voiles et disparaît sur place.

QUATRIEME TABLEAU

La Terre du Repos

Nature luxuriante et inviolée.
Au milieu s'élève un temple dont on ne voit que le bas.
Il est blanc à incrustations d'or.
Des crêtes d'arbres en fleurs forment des tapis tout à l'entour.
D'autres temples moins grands parsèment la Terre du Repos et accompagnent
e Temple Blanc dont le sommet échappe à la vue.
Sur les degrés qui y mènent, un nain et un aveugle sont accroupis.

SCENE IV

Koridwen — Gwion — Morda

KORIDWEN

tenant les herbes qu'elle a cueillies.

Séjour d'Espace-Unique!
Splendeur,
    Salut!

Elle s'incline longuement.

Au pied du Temple, je suis.

Et gardent des êtres...

(S'adressant an nain.)

Qui es-tu, toi, dont la petite taille
étonne l'Immensité du lieu?

GWION

(sans se lever.)

Je suis Gwion.
En moi est l'Essence Ultime.
Je suis le Germe Primordial;
et de ce Temple, je garde l'entrée.

KORIDWEN

Ton compagnon ne semble point voir ce qui l'entoure.

GWION

C'est Morda, l'aveugle,
de moi, inséparable.
Il est celui qui de tout temps, présida aux Destins.
Il est le Souffle.
Il est l'Ame;
je suis le Corps.

KORIDWEN

O Gwion, c'est toi que je cherche en la Terre du Repos.
Ouvriras-tu la Porte du Temple à mon désir?

GWION

D'où viens-tu?
Et que demandes-tu?

KORIDWEN

Je suis Koridwen,
du Dieu-Hu, l'épouse.
Sache que les Mondes du Temps
me sont soumis.
Je suis Reine des Astres
et Enchanteresse;
    Centre,
Attraction irrésistible des orbes
où attendent, inquiets, de mon geste
suprême,
les Dieux
et les Destins.

GWION
(se levant.)

A toi, Koridwen,
    Salut.

KORIDWEN

Ma Science vers toi me dirigea.
Je sais les plantes magiques.
Je sais la course exacte des Astres.
Et pour préparer l'Eau de la Divination,
il me faut le Feu,
    le Souffle
et l'Athanor.

GWION

J'ai le Feu,
    le Souffle
et l'Athanor.

KORIDWEN

Toi seul, ô Gwion, peut garder
le rite de la Substance connue.
A toi, Morda, je confierai
le Rythme.

GWION

Koridwen, ta Science est grande.
En moi, tu éveilles ton désir de connaître.

KORIDWEN

remettant à Gwion les herbes.

Voici les herbes.
Hâte-toi, ô Gwion.
Que sans retard flamboie le Feu
        dans l'Athanor,
car longue sera l'attente...

GWION

Qu'as-tu décidé?

KORIDWEN

Un an et un jour.

GWION

C'est bien.
Tu seras obéie.

KORIDWEN

(à Morda.)

O Morda, que ton Souffle en rythmes
réguliers, maintienne de ce Feu
les limites invariables, pendant les Temps
ordonnés par Moi.

(à Gwion.)

Toi, Gwion, surveille sans relâche
la lente préparation du breuvage
Mystique, tandis que je retourne dans
ma demeure.
Il faut que je parte.
Mais mon œil reste ardemment fixé
sur l'Athanor.
Dans un an et un jour,
je reviendrai.

Elle disparaît.

Le Rideau se ferme

[illegible]

Les degrés du Temple

La Légende de Hu-Gadarn

TROISIEME PARTIE

L'Athanor

PERSONNAGES :

Gwion.

Morda.

Koridwen.

Hu-Gadarn.

CINQUIEME TABLEAU

L'INTÉRIEUR DU TEMPLE

Dans les hauteurs, un coin retiré du Temple.
Architecture multiforme, à la fois massive et légère.
Une orbe monte vers un pilier central, le contourne et forme à droite, la voûte sous laquelle s'élance une forêt de piliers-ailés.
Du pilier central massif, part en sens opposé une série de piliers semblables supportant les voûtes surbaissées de galeries circulaires.
Des contreforts intérieurs descendent dans des profondeurs.
A droite, le **Feu.**
Il jaillit d'un Athanor.
Au milieu des Flammes on aperçoit la Cornue transparente qui contient le breuvage de la Divination.
Au centre, et se tenant sur la plate-forme d'un haut mur où viennent aboutir les galeries, Morda et Gwion.
Morda souffle en rythmes réguliers.
Gwion va et vient, inquiet.

SCENE I

Gwion — Morda

GWION

Le Cycle va expirer.
Koridwen sera bientôt de retour.

Nulle faute commise en son absence.
Nul oubli.
Invariable fut le Souffle.
Invariable le Feu.

Cependant...
Pourquoi du Rythme, ce battement violent?

L'eau bouille violemment et le feu gronde.

Quelle puissance excite ainsi?...
O Flamboyant enfermé dans l'Athanor,
prends pitié du petit Gwion!
Je ne sais pas...
Koridwen seule, fut coupable.

Le Temple s'obscurcit.

J'ai peur.

On entend des craquements sourds dans l'Athanor.

Quel mystère s'accomplit?...

La nuit se fait...
Au milieu de jets de vapeur, l'Athanor explose, renverse Morda, brise
Cornue.
L'eau se répand et trois gouttes brûlantes tombent sur le doigt du petit Gwion.

GWION

Aïe!

Il porte le doigt à sa bouche et instantanément, de son corps, jaillissent
rayons: un jaune, un bleu et un rouge.

Ah!... qu'y a-t-il en moi?

. . . .

De l'Eternité... je passe
dans le Temps...
Quels éclairs dans mon Esprit!
Quel feu nouveau!
  Ah! je vois.
  Je comprends.
  Je sais!!
Je suis « la Connaissance »!
Je suis la Génération de la Vie!
Trois gouttes brûlantes tombées sur mon
doigt, firent éclore
  Gwion transformé!
Koridwen, ta Puissance s'est écroulée.
Devant ton Grand Mouvement,
O Univers Sans-Second!
Je connais maintenant
les Destins des Orbes.
Je sais les Destins vainqueurs de toi,
ô Koridwen!

Désespérée...
  ton retour...
Ah! fuir, fuir l'Enchanteresse vaincue.
Fuir sa colère...
Oh! m'échapper d'elle...
ou je suis perdu...

Le Cycle finit!...

Il se sauve par les galeries tandis que Morda renversé reste sans mouvement.
Après un temps assez court, Koridwen paraît.
Elle monte par l'orbe.

SCENE II

Koridwen — Morda

─────

KORIDWEN

Elle s'arrête un instant...
Elle comprend.
Et aussitôt éclate sa fureur.

Ah!... Malédiction!
Brisé! Tout!
Crime monstrueux, qui t'a perpétré?
Liqueur miraculeuse,
travail de ma Science;
ma Pensée, ma Vie...
Tout est anéanti...

Elle aperçoit Morda dans la pose où l'a projeté l'explosion.
(*à Morda, brutalement*)

Où est Gwion?
Et qu'as-tu fait?
C'est toi, vieux maudit,
stupide et inconscient...
Cause de l'Irréparable.

Morda se redresse, sa figure exprime la terreur.
Il ne peut articuler une parole.

Répondras-tu?

(*Elle le secoue.*)
Le vieillard tremble.

(Elle le lâche.)

Va, vieil incapable, pour telle besogne
il faut un plus rusé que toi.
Gwion! Ha! Ha! Gwion,
c'est lui... lui, qui a dérobé
l'eau miraculeuse!!
Lui, qui a fui, craignant ma vengeance!

Je rentre en moi-même
et ma Science me fait découvrir, ô Gwion,
l'astuce de ta pensée.
Si pour me fuir plus sûrement,
telle la Foudre à travers les Mondes et les éléments,
voleur de mon secret,
tu te métamorphoses,
de ma Puissance dilatée
    et déguisée,
tel le Serpent,
je te poursuivrai
    et je te saisirai.

Gwion, crains la colère de Koridwen!

Elle disparaît.

SIXIEME TABLEAU

Une lisière de forêt.
Dans le lointain, une rivière.

SCENE III

Gwion — Koridwen

Gwion inquiet regarde de tous côtés.
Il aperçoit Koridwen et se change en lièvre.
Koridwen qui a vu sa métamorphose, se change en lévrier.
Elle le poursuit.
Ils disparaissent.

SEPTIEME TABLEAU

La surface de la rivière.
En bas le fond de l'eau.
Ténèbres bleues.
Gwion-lièvre poursuivi par Koridwen-lévrier apparaît sur la berge, et pour traverser la rivière, il se change en poisson.
Koridwen se change en loutre.
Elle le poursuit sous les eaux.
Ils disparaissent.

HUTIEME TABLEAU

La berge opposée.
Au moment où Gwion-poisson poursuivi par Koridwen-loutre sort de l'eau, il se change en oiseau.
Koridwen se change en épervier.
Elle le poursuit dans les airs, et de son vol large, plane au-dessus de lui.
Gwion-oiseau se sent perdu.
Apercevant sur une aire, un tas de froment, il s'y laisse choir.

Le Temple s'obscurcit

NEUVIEME TABLEAU

Gwion-oiseau s'est transformé en grain de blé.

Koridwen se transforme en poule noire.

Elle gratte furieusement le tas de froment, découvre Gwion-grain de blé et l'avale.

Aussitôt elle recouvre sa forme première, et sans bouger se trouve sur un plateau dans l'Espace.

DIXIEME TABLEAU

Un Plateau dans l'Espace

SCENE IV

Koridwen

seule.

KORIDWEN

Je suis vengée!
Gwion, tu es à moi!
Tu n'as pu échapper à Koridwen!
Triomphe ma Puissance!

L'Espace s'obscurcit.

Bruits d'orage.

Et dans la nuit qui se fait, Koridwen rayonne les « trois gouttes » que rayonnait Gwion.

(Angoissée)

Ah! Gwion, serait-ce toi que je rayonne ainsi?...
Oh!... je te porte en moi!...
Abîme et mystère!...

Apparition de Hu-Gadarn dans la Foudre.

SCENE V

Koridwen — Hu-Gardarn

HU-GADARN

(à Koridwen)

Epouse téméraire et criminelle,
tu n'es plus.
Tu as déchiré tes voiles et tu as prononcé ton arrêt.
Aujourd'hui, à l'inconnu, mon Empire est livré.
Mais je veille.
Et l'ordre de ma volonté triomphera
des secrets que tu portes en ton sein.

Je voue à la destruction l'enfant qui va naître de toi!
Qu'il soit précipité dans le Gouffre Béant
des Destins d'arrière-Monde!

Le rideau se ferme.

La Légende de Hu-Gadarn

Le Dieu dit . . . .

PERSONNAGES :

Hu-Gadarn.

Koridwen.

L'enfant nouveau-né.

Les femmes, suivantes de Koridwen.

UNE HABITATION DE HU-GADARN
AU BORD DE LA MER

Tout le fond s'ouvre sur l'étendue bleu-vert d'un Océan tranquille et désert.
Sièges et tables de pierres naturelles.
Hu-Gadarn est assis.
Il est pensif.
Koridwen, sur des coussins posés à même le granit d'un monolithe de forme longue et plate, est étendue.
Un autre monolithe semblable, supporté par quatre pierres debout à la manière des colonnades d'un lit, le surplombe.
Des femmes sont autour.
Une seule est assise, tenant sur ses genoux un enfant nouveau-né.

SCENE UNIQUE

Hu-Gadarn — Koridwen.
L'enfant nouveau-né,
les femmes. (personnages muets).

KORIDWEN

De l'arrêt implacable, l'heure sonne!
O mon fils! Beauté à peine entrevue...
...déjà si chère à mon cœur!...

O toi, né entre le courroux d'un Dieu
et l'amour d'une mère!
Promesse arrachée!...
Acte maudit!...
J'ai promis... Je ne puis.
Qu'ai-je fait?
Mon crime fut-il si grand?
O trop immense ambition!
Lutte inégale... Je fus victime.
Ma Science voulut faire de « l'Ignorant »,
    le « Connaissant ».
Hu, je travaillais pour la vie de ton Empire
et la Gloire de ta descendance!
Mais ma Science fut vaincue par l'Eternel
retour du Non-Pareil!
Et voici que frappée pour forfait Divin,
je dois anéantir l'œuvre de mes entrailles!!
Heure abominable, sonne, fuis dans le Temps.
Va redire aux étages illuminés des Océans d'or,
que Koridwen est parjure!
Et que pour conserver aux Mondes de Beauté,
le joyau de son sein,
elle brave les Dieux et l'Eternité!

Elle retombe épuisée sur son lit.

HU-GADARN

Femme, cette faiblesse, je la savais.
Elle ne m'étonne.
Rappelle ta raison...
Souviens-toi.
Et que ma volonté s'accomplisse.

KORIDWEN.

Hu, Dieu barbare, tu ne peux comprendre
le cœur de Koridwen.
Ma Douleur irrite ta Puissance.
Et devant l'enfant maudit... et si aimable, tu restes insensible,
tel un rocher.

HU-GADARN

Je sais dominer les faiblesses du cœur
quand l'Ordre l'exige.

KORIDWEN
(exaltée, regardant l'enfant.)

Dans ses yeux brillent les lueurs inconnues
des Espaces Eternels.
Sa bouche semble une fleur prise au jardin du Repos.
Sa voix a frappé mon oreille...
Elle venait des mondes lointains et vierges de l'Harmonie.
Son haleine est celle du Souffle Lui-même,
et son corps a le reflet de l'Or Primordial!...

HU-GADARN
(dur.)

Trêve!...
Exaltation, amollissement de l'Ame.
Que l'arrêt soit exécuté.

KORIDWEN
(se levant.)

Eh! bien, soit, puisque telle est ta volonté.
Mais, seule, sa vie ne sera pas frappée...

Et s'il doit être au gouffre Béant,
précipité, dans les abîmes,
avec lui je descendrai.

HU-GADARN

(se levant.)

Femme insensée, oublies-tu donc l'Epoux Sacré
et les liens qui nous unissent?

KORIDWEN

(regardant l'enfant.)

O mon fils aimé, maintenant que m'importe tout, puisque la
colère du Dieu, je ne puis fléchir.

HU-GADARN

(calme.)

Ma colère n'est pas.
Loin de moi, haine et vengeance.
Le Souci de ma Puissance, seul, dicte ma Loi.
Et je lutte, victorieux, contre ma propre Pitié.
Mon chagrin est immense comme moi-même...
...il n'éclate point cependant quand ma fille et mon épouse,
parle de m'abandonner...
Sans toi...

KORIDWEN

qui s'est rapprochée de son époux.

Que ferais-tu?

HU-GADARN

Je serais.

KORIDWEN

Immobile et bientôt effondré...

HU-GADARN

O Gloire, ô Puissance!
O Honte, ô Impuissance.

KORIDWEN

(tendrement.)

O mon Père et mon Epoux, si tu ne consens à te séparer de moi,
j'implore ta clémence.
J'embrasse tes genoux.

*Elle se laisse glisser aux pieds de Hu-Gadarn.
Ils restent longtemps ainsi.

HU-GADARN

Koridwen, sur Moi-même, j'ai fait l'Effort, et voici ce que me
dicte ma Pensée:
« Que l'enfant soit placé dans un berceau recouvert de cuir.
« Je le condamne à errer, à jamais inconnu, sur l'Etendue
« Infinie de la Mer.

KORIDWEN

(joyeuse.)

Ah! Hu, tu es bon et sage.
Ce conseil je vais le suivre.
Ainsi, tu conserves ton Epouse et mon fils est sauvé!

Hu-Gadarn garde son attitude triste et se rassied, tandis que Koridwen
fait apporter le berceau.
Avec ses femmes, elle le prépare.
Elle place elle-même l'enfant dans le berceau.

Demeure de Hu-Gadarn au bord de la mer

(à ses femmes.)

Apportez lierre, chêne et verveine.
Que dans son berceau,
il emporte avec Lui
les Attributs de Son Essence.

(à son fils.)

Le Lin sacré sera ton vêtement.
Qu'à ta ceinture pendent les lames d'or du Soleil Levant.
Que du Serpent enroulé, tu portes l'anneau ouvert.
Que sur ton cœur repose la Harpe.

Après avoir éloigné ses femmes, elle se penche sur le berceau, et très bas, elle dit à l'enfant :

Perdu dans l'immensité, tu chanteras les Chants d'Esprit... et de l'Infini naîtront les Mondes accourus à ta voix.

Elle se relève et dit haut :

De l'arrêt pitoyable, l'heure sonne.
Aux vagues tu vas être confié, ô mon fils.
Puisque le Dieu, fier Taureau d'Airain, dans sa clémence,
n'a pas détruit l'Or pur de ton front,
va, en ta vie, je crois.
En ton Destin glorieux, j'espère.
Soumis à la Loi Eternelle, le Temps ne peut rien sur Toi.
Et les larmes qui coulent de mes yeux
formeront l'Océan qui te portera.

Elle embrasse son fils, puis elle le confie aux femmes qui l'emportent.

Hu-Gadarn n'a pas changé d'attitude.
Koridwen, inquiète, surveille le départ des femmes.
Elle les suit des yeux tandis qu'elles mettent à l'eau le berceau...
qui bientôt flotte.
Puis il vogue et disparaît...
Pendant que les femmes remontent lentement les degrés qui conduisent à l'habitation, Koridwen descend rapidement vers la mer et va s'asseoir sur un rocher isolé d'où elle apercevra encore...

Temps très long.

Le rideau se ferme très lentement.

La Légende de Hu-Gadarn

CINQUIEME PARTIE

Taliésin

PERSONNAGES :

Le Roi Gouydno (1).
Elfin.
Les Trois Conseillers.
Hoël.
Taliésin.
Les Rouilles — Les Dormeurs.
Le peuple du Roi Gouydno.
Serviteurs, gardes, hommes, femmes.

(1) Prononcer : Gwezno.

DOUZIEME TABLEAU

LES POISSONS MAGNIFIQUES

Pays triste et nu.
Sur un rocher s'élève le château-fort délabré du Roi Gouydno.
Au loin, la mer, d'un vert glauque foncé, s'est retirée.
Elle se confond avec le ciel.
Devant, un réservoir plein d'eau communique à l'Océan par une petite écluse.
L'eau du réservoir est d'un vert éclairant par lui-même.
Des ajoncs parsèment le sable humide.
Un homme est là, raccommodant ses filets.
C'est l'éclusier.
Le Roi Gouydno,
son fils Elfin,
accompagnés de trois Conseillers, sont descendus du château.
Ils s'avancent lentement vers le réservoir.

SCENE I

Le Roi Gouydno
Les Trois Conseillers
Elfin — Hoël

LE ROI GOUYDNO

Le Destin me fit Roi, et sur mon front chargé d'ans, le bonheur
n'a pas lui.

PREMIER CONSEILLER

Votre peuple, en vous, mit sa confiance.

LE ROI GOUYDNO

J'aurais donné mon sang, pour le soustraire aux ténèbres qui pèsent sur nous.

DEUXIÈME CONSEILLER

Votre bonté fut son refuge.

LE ROI GOUYDNO

Je n'ai pas vaincu la Puissance des Destins.

TROISIÈME CONSEILLER

Qui la vaincra?

LE ROI GOUYDNO

Mon but voulut tarir le mal,
la souffrance,
la torpeur;
il ne le put.

DEUXIÈME CONSEILLER

Heureux les Dormeurs.

TROISIÈME CONSEILLER

Malheureux ceux qui souffrent la Souffrance.

PREMIER CONSEILLER

Plus malheureux encore ceux qui souffrent la Souffrance dans
le blasphème!

LE ROI GOUYDNO

Le repos...
cette solitude, calment ma pensée.
De la Douleur je n'entends plus le cri!
les Dormeurs vont s'éveiller semble-t-il?...

LES CONSEILLERS

Sire, nous partageons votre heur.
Cette solitude est un port du repos
au milieu de la tempête.

LE ROI GOUYDNO

se dirigeant vers le réservoir.

En ce réservoir, la mer, chaque jour, apporte la quantité de
poissons nécessaire à la nourriture de mon peuple.
J'aime venir ici.
Cet endroit m'est cher...

(*à l'éclusier.*)

Hoël, regarde s'il contient sa provision.

HOËL

Voyez, Sire, le flux est venu.

Gouydno et les Conseillers s'approchent et regardent le réservoir.

LES CONSEILLERS

Jamais des écailles, les miroirs n'ont encore ainsi joué à la Lumière!

LE ROI GOUYDNO

Aujourd'hui, le prix en est immense!

Seul Elfin, ne s'est pas approché du réservoir.
Il reste à l'écart, semblant en proie à la tristesse et au découragement.

LE ROI GOUYDNO

(à Elfin)

Elfin, mon fils, ne venez-vous point admirer ces « reflets de Lumière » que le flux déposa dans cette baie pauvre et lointaine?

Elfin fait un geste d'indifférence.

Les Conseillers entr'eux.

PREMIER CONSEILLER

L'intérêt l'a fui.

DEUXIÈME CONSEILLER

Sourd à tout appel.

TROISIÈME CONSEILLER

Il ne sait où porter sa tristesse et son ennui.

LE ROI GOUYDNO

Chassé un instant par les rayons du Soleil, le souci revient étendre sur mon cœur l'ombre et la nuit...

Le Berceau de Taliésin

Elfin, mon fils! mon seul enfant!
ô le plus malheureux des êtres!
Serais-tu donc né en une heure fatale?
Que ne ferais-je pour voir refleurir en tes yeux, un peu d'espoi

PREMIER CONSEILLER

(s'adressant à Gouydno.)

Devant le sort cruel, daignerez-vous,
Sire, écouter notre pensée?

LE ROI GOUYDNO

Parlez.

PREMIER CONSEILLER

Puisque voyages lointains,
fêtes,
guerres,
n'ont pu le distraire de sa sombre
mélancolie, commandez-lui, Sire,
le travail de ses bras.
Qu'il vide ce réservoir.
Peut-être, dans cette tâche, trouvera-t-il
un adoucissement à son malheur;
car le fond de l'eau récèle la Science.

LE ROI GOUYDNO

(à Elfin)

Mon fils, entendez-vous?
Je vous commande de vider ce réservoir.

ÉLFIN

(simplement.)

C'est bien, mon père, je le ferai.

LE ROI GOUYDNO

En moi, un peu de joie renaît.
Retirons-nous, afin qu'à l'instant
il se mette à l'ouvrage.

Le Roi et les Conseillers s'éloignent.

SCENE II

Elfin — Hoël

ELFIN

O sort misérable!
Je suis l'Humilié!
De moi se détourne toute Lumière!
Plongé dans ma nuit, verrai-je, comme il m'est promis,
luire la Science
au fond de ce bassin?

Il se lève et va vers le réservoir.

Allons, ma torpeur, secoue-toi et suis le conseil du Sage.

Il s'approche de l'éclusier.

Donne-moi le nécessaire et que ma besogne commence.

Hoël lui donne un récipient assez grand.
Il le plonge dans l'eau, le remplit, le soulève et en rejette loin de lui le contenu.
Et toujours ainsi.
Temps très long.
Silence.

ELFIN

Ma tâche s'achève.

HOËL

La mer descend et bientôt je vais tendre mes filets.

Silence.

ELFIN

Mon bras n'est point fatigué
et déjà du réservoir, je vois le fond.

HOËL

Aux poissons prenez bien garde.

ELFIN

(Surpris.)

Les poissons?
Je n'en ai point vus.

Hoël s'approche vivement.

HOËL

(consterné.)

Plus rien!
Les auriez-vous donc rejetés?

ELFIN

Il n'y en avait pas.

HOËL

Partout le malheur vous suit!
Vous avez détruit la vertu de ce réservoir!

Elfin désespéré, jette l'ustensile qu'il tenait à la main et regarde d'un air sombre autour de lui.
Hoël reste accablé.

Tout à coup l'œil d'Elfin s'éclaire; il vient d'apercevoir une chose étrange échouée contre l'empellement de l'écluse.

ELFIN

Qu'est-ce donc là?
N'aperçois-tu pas?

HOËL

Quelque épave est venue se fixer là.

ELFIN

Un berceau!

HOËL

Les flots l'apportèrent!

ELFIN

Peut-être ce berceau vaut-il mieux que tous les poissons qui m'ont fui!
J'ai hâte d'apprendre...
Aide-moi.

Ils vont dégager le berceau et le posent à terre hors du réservoir.

Elfin soulève lentement le couvercle et tous deux se penchent sur l'enfant endormi.

HOÊL

Taliésin! Taliésin!

ELFIN

Front radieux sera ton nom, ô toi qui me fais, un instant, oublier ma misère.

HOÊL

Il vit!
Son repos ne semble pas avoir été troublé.

ELFIN
(très agité.)

Avant qu'il ne s'éveille, cachons-lui encore la Lumière.

Il referme le couvercle.

Qu'à mon père je l'apporte!

HOÊL

Depuis quand erre-t-il ainsi sur les Océans?

ELFIN

En moi monte une vie nouvelle.
Béni soit le sage conseil qui me fut donné.
Qu'au château du Roi, mon père, j'apporte enfin l'Innocence et la Joie!

Il prend le berceau dans ses bras et s'éloigne avec lui en courant.

TREIZIEME TABLEAU

Une Salle du Chateau

Salle très basse et délabrée.
Le Roi Gouydno est assis dans un vieux fauteuil seigneurial.
Son attitude décèle sa profonde tristesse.
Ses conseillers sont assis autour de lui.
Au fond, des fenêtres s'ouvrent sur l'horizon infini de la mer.
Une vieille tenture cache une porte.

SCENE III

Le Roi Gouydno — Les Trois Conseillers

DEUXIÈME CONSEILLER

Le sort s'acharne sur qui le redoute.
Le Seigneur Elfin, en cet instant, le brave.

LE ROI GOUYDNO

J'ai tout tenté.
Tout est vain.

DEUXIÈME CONSEILLER

Dissipez la tristesse qui vous étreint.

LES TROIS CONSEILLERS

A votre enfant, ce visage soucieux, ne montrez point.

Devant le silence du Roi, les Conseillers s'éloignent respectant sa douleur.
L'un d'eux s'approche d'une fenêtre et regarde au dehors.

Temps assez long.

DEUXIÈME CONSEILLER

(à la fenêtre.)

Le voici qui revient!

PREMIER CONSEILLER

s'approchant de la fenêtre et regardant à son tour.

Rapide est son allure!

TROISIÈME CONSEILLER

se joignant aux deux autres.

En ses bras, que tient-il?

Ils regardent toujours.

LES TROIS CONSEILLERS

La joie rayonne sur son visage!

LE ROI GOUYDNO

(comme dans un rêve.)

Ah! la Joie!...
la Joie...

(comprenant.)

Mon fils!

Il quitte son siège et se dirige vivement vers la fenêtre.

La Joie!...
Mon fils!
Que la porte s'ouvre toute grande devant lui!

(transfiguré.)

Que mon peuple partage cette Joie!
et qu'une grande fête se prépare!

Les Conseillers ont ouvert la porte et on voit accourir bientôt des serviteurs, des gardes,
le peuple, hommes et femmes.
Elfin joyeux entre, portant son précieux fardeau.

SCENE IV

Le Roi Gouydno — Elfin
Les Trois Conseillers
Le peuple

———

ELFIN

(au Roi.)

Mon père, à vos pieds je dépose le trésor que m'a livré l'Océan!

Le Réservoir

Tous s'empressent autour du berceau.

LE ROI GOUYDNO

Regardant l'enfant que l'on vient de découvrir.

Est-ce un être matériel?
Est-ce un Esprit?...

L'enfant dégagé de ses voiles, se dresse et sort du berceau.
Il semble avoir dix ans.
Il est vêtu d'une tunique de lin blanc.
Il a autour de la taille les lames du Soleil.
De longs cheveux blonds tombent sur ses épaules.
Il tient une harpe d'or.
Son éclat est insoutenable et tous se voilent la face.

QUATORZIEME TABLEAU

LES CHANTS DE TALIÉSIN

A cet instant, la salle du château disparaît.
L'enfant se trouve sur le sommet en forme de plateau d'un immense rocher émergeant de l'Espace.
Le Roi Gouydno, Elfin, les trois Conseillers se tiennent sur des plateaux moins hauts.
Le peuple se masse sur des contreforts appartenant à d'autres rochers dont les bases disparaissent également dans l'espace.
Sur les côtés, les tombeaux plats des Dormeurs.
Des arceaux rouillés les relient aux profondeurs,

TALIÉSIN

Je suis le Front Radieux.
Du Flamboyant je porte le Nom.
Esprit vivant de Dieu, je suis descendu
dans le monde des hommes.
Mais, je reste éternellement dans
     le « Hors-d'atteinte »,
car je suis le « toujours-né ».
Et j'apparais pour proclamer
l'Immuabilité de l'Esprit.
J'ai brisé la « Nappe Infranchissable »
qui s'étend entre
les Mondes et les Causes,
voilant aux abîmes sombres
     du Temps,
les Splendeurs immaculées de
     la Durée.
En moi je porte le Monde.
Que les hommes viennent chercher dans
mon sein, toutes Sciences.
Je suis la « Source intarissable »
car « Je sais ».

Je suis venu,
     Moi,
       le Front Radieux,
fils du Souffle
     et Vainqueur du Destin.
J'apporte la Rédemption Spirituelle
     par le Foyer
       éternellement vivant
que je place au Centre de la Lumière,
     Moi-Même.

LES ROUILLES

Les abîmes de l'astre noir ont tressailli.
Des Puissances, les ténèbres ont rayonné...
et vers la Lumière Inconnue,
remonte la nuit des déchus.
Ecrasés, enfouis à l'arrêt des Mondes,
les « Sans-fond » hurlaient la Douleur.
Entraînés dans « l'Inerte »,
la Rouille nous dévorait...

Les corps couleur de rouille montent des abîmes le long des arceaux et viennent s'accrocher aux parois des rochers.

LES DORMEURS

Quel pouvoir nous réveille?
Quelle Puissance force nos yeux?
Qui nous enlève au rêve
        toujours pareil ?
Le Soleil qui nous gardait
s'est retiré devant
        le Nouvel Astre!
Ah!...

Les tombeaux s'ouvrent et apparaissent les Dormeurs.

LE PEUPLE DE GOUYDNO

Devant la Gloire de l'Enfant,
le Soleil lui-même a pâli.
Taliésin, tu es
        l'Esprit,
Source immuable de toute Science,

TALIÉSIN

Jadis, Hu, tu sacrifias tes bœufs;
tes Deux Forces de Bronze.
Je suis venu,
centre vivant des attractions.
Tes Bœufs, je te les rends.
Va, Hu, tu es libre!

LES ROUILLES

Mais les abîmes ont tressailli...
et vers la « Voix » qui appelle,
remonte la nuit des déchus.

LES DORMEURS RÉVEILLÉS

Ah ?
    Les Dieux dans le Temps
       ont fui...

LE PEUPLE

Notre monde triste et lourd
est par toi à jamais
    illuminé!
Taliésin!
    tu es l'Esprit,
    tu es la Science,
    tu es la Joie!

Le rideau se ferme.

— — —

RITA STROHL.

Meudon, avril 1909.

Les Chants de Taliésin

*

* *

Dans notre Univers, Trois Pouvoirs sont chargés de représenter le Théâtre Cosmique :

La Pensée, la Voix, la Lumière.

Apparition de la Lumière créée par la Voix émanant de la Pensée, ou la Pensée se réalisant par le Pouvoir de la Voix créant la Lumière.

Ces Trois Aspects de l'Un, transposés dans le monde de l'Art lyrique s'appellent : Conception, Médiation sonore et Réalisation théâtrale.

Et ces Trois Aspects, dont chacun renferme les Deux autres en puissance, doivent construire dans le Monde Sensible, l'Univers de l'œuvre selon un rythme primordial.

Abstraitement, le Son est le Deuxième des Trois Pouvoirs. Son rôle est d'être le Médiateur Universel.

Tel il est dans l'œuvre lyrique.

Les personnages réels et cependant illusoires de la vision théâtrale viendront de « l'au-delà de cet Océan Sonore » où ils retourneront lorsque la manifestation aura pris fin, rentrant ainsi dans le concept qui les a expansés.

*

* *

Ici se placent deux points essentiels d'interprétation.

Le personnage doit ignorer qu'il y a une salle et des spectateurs. Il doit jouer pour lui seul, dans l'Espace illusoirement concrétisé autour de lui.

Son jeu qui dénote les préoccupations intérieures, ne se manifeste pas, dans les intervalles de « silences », par des gestes appartenant à l'art de la mimique. Et quand il rentre, par la voix, dans le Chœur Sonore, c'est à la façon d'un élément en harmonie, par son timbre et par l'intensité de ses vibrations, avec les sonorités colorées de l'ambiance.

Lorsqu'après un « silence », il s'émane comme un « instrument parlant », il doit éviter avant tout « l'explosion vocale ».

Sa voix doit venir des profondeurs de l'Océan Sonore et non point être entendue au dehors ou au-dessus de cet Océan; à moins d'une imprécation ou d'un commandement voulu par le concept.

* * *

Doué des reflets lointains des Trois Pouvoirs de l'Un, l'artiste, dans l'avenir, devra être lui-même un et trois, c'est-à-dire poète, musicien et visionnaire-décorateur .

Dès maintenant, il doit aider à perfectionner, à subtiliser les moyens d'expressions mis à sa disposition, afin qu'ils répondent aux moindres suggestions de sa pensée.

Il s'appliquera aussi à développer l'affinement des perceptions auditives et visuelles.

Auditives, en ce sens, qu'il n'enfermera plus le Son dans une étroite prison conventionnelle appelée « tempérament » et qu'il libérera ce Pouvoir Tout-Puissant aux divisibilités infinies, permettant à l'oreille d'entrer en communication avec les plus subtils éthers de notre Système de Mondes.

Visuelles, parce qu'étant lui-même visionnaire des plans supérieurs de sa pensée, il les représentera tels qu'il les voit, substituant peu à peu de nouvelles lois à celles déjà établies autour de lui.

Ainsi le spectateur s'habituera à vibrer à d'autres rythmes sensibles que les siens.

* * *

Après cet exposé, il me semble nécessaire d'expliquer quelques-uns de mes thèmes, dont le sens abstrait pourrait échapper à la lecture et à l'audition.

Le thème de « la Connaissance » est rythmé par le Sept.

Il est contenu dans sept temps: ⌂ le triangle sur le carré.

Et la première note de la troisième mesure referme le cycle du thème par « l'attraction » de sa « base » à deux octaves de distance.

La mathématique de ce thème n'a pas présidé à sa conception; ce n'est qu'après l'avoir écrit spontanément que je l'ai analysé ainsi.

Il en est autrement pour les tenues de « la Durée » alors que le Dieu Hu-Gadarn, dans « le Destin » sort de son Divin Repos.

Ces tenues aiguës, mi dièze, fa dièze, et graves, fa dièze, mi dièze, expriment par leurs alternances obstinées, l'idée d'un « Œuf du Monde » enfermé dans les limites de sa Durée.

La troisième phase du thème de Hu-Gadarn, qui correspond à Ses Deux Forces, est construite en mouvements d'accords s'imposant comme « Deux attractions » : l'une, au centre; l'autre, à la circonférence.

Le thème des « Orbes » monte et descend par les marches des vibrations harmoniques d'une fondamentale.

Ce sont là les « Infinis » de Yâdjnavalkya, basés sur la simple résonnance d'une unité tonale.

Cette vibration harmonique par résonnances naturelles d'une unité sonore, atteindra son épanouissement dans le Cinquième ouvrage, alors qu'Elfin vide le réservoir des « Poissons Magnifiques ».

Le thème de « Morda » est celui du Souffle, et comme tel, il est basé sur le mouvement inégal d'un inspir et d'un expir, avec un sforzando continu à chaque retour du temps.

J'ai donné au thème de « Gwion », l'aspect « vrillant » de l'atome qui doit traverser, j'allais dire, perforer, quatre états de matière, symbolisés par les « Quatre Courses », avant d'atteindre le plan redoutable où, prisonnier d'abord de la matière, il en sortira pour illuminer de son reflet d'Eternité, tous les réveillés; pour appeler de sa voix, tous les Dormeurs et pour attirer à Lui, par sa Puissance Aimantée, toutes les Rouilles.

« Gwion-Taliésin » a trois thèmes : celui du germe venu des mondes de l'Esprit, celui de l'Enfant-Esprit et celui du « Front Radieux ».

Le premier a un caractère atomique; le deuxième est le même simplifié et « par augmentation »; le troisième est celui que sa Mère, penchée sur son berceau, lui a murmuré avant de le livrer aux miroirs mobiles et infinis de l'Océan.

*

* *

Je n'irai pas plus avant dans ces analyses thématiques parce que je risquerais d'analyser maintenant ce qui ne l'a pas été au moment de la conception.

A part ces quelques thèmes que je viens de signaler à l'attention en en donnant la clef, j'ai laissé, pour tout le reste de mon œuvre, le cœur et la foi parler en moi leur langage, n'ayant pour guide que l'ardent désir de me laisser pénétrer par les vibrations sonores de cet Océan Universel qui chante autour de nous l'Eternelle Hymne de Gloire.

R. S.

Table des Matières

Table des Illustrations